Empregada Latina Dominante (Interracial)

Coleção Dominação Erótica

Erika Sanders

Empregada Latina Dominante
(Interracial)

Erika Sanders
Serie
Coleção Dominação Erótica

Sinopse

Patrick é dono de uma loja de frozen yogurt, onde vários funcionários trabalham.

Entre esses funcionários está uma jovem mexicana, Katy, com quem Patrick fantasiou em várias ocasiões.

Um dia, enquanto esperavam por clientes, surge uma conversa nunca prevista ou esperada por Patrick ...

Empregada Latina Dominante é um romance com forte conteúdo erótico de BDSM e, por sua vez, um novo romance pertencente à coleção Erotic Domination, uma série de romances com alto conteúdo de BDSM romântico e erótico.

(Todos os personagens têm 18 anos ou mais)

Nota sobre a autora

Erika Sanders é uma conhecida escritora internacional, traduzida para mais de vinte línguas, que assina os seus escritos mais eróticos, longe da sua prosa habitual, com o seu nome de solteira.

Indice

EMPREGADA LATINA DOMINANTE
ERIKA SANDERS

CAPÍTULO 1

Uma chuva do início da primavera atingiu o estacionamento, baixando a temperatura para um novo nível.

Dentro da sorveteria, Katy dividia uma das mesas redondas com seu chefe, Patrick Adams, esperando os clientes que sabiam que seria raro aparecerem devido ao mau tempo da tarde.

As nuvens negras da tempestade ativaram os sensores eletrônicos das luzes do estacionamento, lançando alguma luz na escuridão lá fora.

Dentro da tenda bem iluminada, Patrick sorriu ao ver o leve rubor nas bochechas de Katy.

"WOW, o que você está lendo que pode fazer você corar?"

"Pornô", respondeu Katy, olhando diretamente para ele, embora suas bochechas estivessem vermelhas de vergonha.

Quando Patrick riu, ele viu seu constrangimento desaparecer quando seus olhos se estreitaram.

"O que há de tão engraçado nisso?"

Patrick considerou por onde começar a listar as coisas engraçadas de sua resposta.

Katy Gonzales tinha todas as qualidades para ser muito inocente.

Seu comportamento alegre combinava com sua pele e cabelos escuros, olhos negros e manchas de sardas na ponta do nariz.

Ele a contratou porque ela era alegre e uma mexicana muito bonita e era disso que os clientes da região gostavam.

Rápida e inteligente, ela ria com facilidade e tratava os clientes rudes com uma paciência que não seria esperada de um jovem de vinte anos.

Uma vez, ele tentou dar a ela um lugar de convidado em uma de suas fantasias.

Acariciando seu pau duro, ele passou a imaginar seus seios nus antes de desistir e substituí-la por outra pessoa.

Katy Gonzales era boa demais para estrelar uma de suas delícias masturbatórias.

"Bem, como você corou", disse ele.

"Então, o que você usa quando faz isso sozinho? Provavelmente vídeos, certo?"

"Normalmente," ela disse, se perguntando se suas bochechas também estavam ficando rosadas. "Então, que tipo de coisas você está lendo, romances eróticos?"

"Ei, você não está nem perto. Diga-me que tipo de pornô você gosta de assistir e eu direi o que eu gosto de ler."

Considerando sua condição, Patrick sentiu uma agitação no colo ao se imaginar dizendo a verdade.

Ele não iria.

De maneira nenhuma.

"As coisas de sempre," ele se cobriu com isso, ganhando outro tipo de olhar duro dela. "Sério, e apenas de homem para mulher. Agora é a sua vez."

A resposta dela o surpreendeu.

"Principalmente BDSM duro erótico".

Quando Patrick começou a rir novamente, ele ganhou outro olhar penetrante, mas não conseguiu evitar.

A ideia dessa garota doce e inocente lendo algo áspero era divertida o suficiente em si mesma, mas BDSM?

Ele lutou para parar de rir.

"Sinto muito. Só não sei, não esperava essa resposta." Katy não parecia magoada com sua risada, ela parecia zangada. Sua alegria se desvaneceu. "Então, qual é a atração que isso tem para você?"

"Esteja no controle", disse ele. "Faça as pessoas fazerem as coisas que eu quero."

Patrick riu novamente.

Ele gostava da personalidade de Katy, mas era sua ética de trabalho que precisava ser melhorada.

Ela era preguiçosa, nunca mostrou um único traço de liderança.

"Como que?"

"Tudo. Qualquer coisa", Katy respondeu com um encolher de ombros. Coisas estranhas. Quanto mais estranho, melhor. Havia uma expressão distante em seus olhos quando ele olhou para um ponto na parede logo acima de seu ombro.

Ela estremeceu.

"Eu acho que seria bom ter uma verdadeira escrava sexual."

"Bem, avise-me quando aceitar inscrições de velhos na casa dos quarenta."

Mais uma vez, sua resposta o surpreendeu.

"Você está se oferecendo?"

Patrick considerou a bela morena mexicana por um longo momento.

Ela poderia estar falando sério?

"E se você não estiver brincando?" Ele perguntou.

"E se eu não for o Sr. Adams? Você realmente quer ser uma ferramenta sem direitos, forçada a me adorar sem uma promessa de libertação e realizar todos os meus desejos, não importa o quão doentios ou distorcidos possam ser?"

Ele sustentou seu olhar antes de rir.

"Agora quem é o curinga?"

"Mostre-me", disse ela, sem sorrir.

"Mostrar que?"

"Você me ouviu. Se você quer fazer isso, então vamos fazer. Mostre-me. Bem aqui. Agora mesmo."

"Você ficaria louco se eu fizesse."

"Não, eu não faria. Mas eu teria aceitado você em meu serviço."

"O que você quer dizer com 'iria'?"

Ela deu um tapinha na mão dele.

"Os escravos têm que ser fortes, Sr. Adams."

"Você está dizendo que eu sou fraco?" ele perguntou, se perguntando novamente se era um jogo.

"Estou dizendo que você não foi feito para uma vida inteira de serviço e que acabou de provar isso."

"Me pergunte de novo."

"Resposta errada", ele riu.

Ele levou um momento para entender por que estava errado.

"Sinto muito", disse ele, percebendo que não era sua função pedir nada a ela.

"Obrigado, assim está melhor", reconheceu.

Inclinando a cabeça para o lado, ela considerou por um momento com um meio sorriso no rosto.

"Fica duro para mim e podemos tentar de novo."

Patrick sentiu sua força de vontade enfraquecer.

Ela havia comprado uma academia na esperança de conhecer mulheres de alto calibre.

Por três meses, ele trabalhou em seu corpo de meia-idade.

Apertando e tonificando seu corpo de uma forma que a versão de vinte e poucos anos dele nunca tinha feito.

Orgulhoso de seu novo corpo, ele ficava frustrado toda vez que passava um tempo com outra mulher de sua idade.

Ele merecia coisa melhor, mas três meses depois de fazer isso ele estava cansado.

Olhando para a frente de sua calça cáqui de trabalho, ele percebeu o início de uma ereção.

"Você sabe que eu realmente vou fazer isso certo?"

"Estou ansiosa por isso", disse ela, sorrindo enquanto seus olhos piscaram para sua virilha.

"Você quer ir para a sala dos fundos?" ele perguntou, sentindo sua ereção atingir comprimentos aceitáveis.

"Não. Bem aqui. Agora. Levante-se, tire as calças e me mostre. Se você não for durão, o negócio está cancelado."

"E se eu for?"

Inclinando-se sobre a mesa, ele apoiou o queixo na palma da mão e sustentou o olhar dela.

"Então é hora de você tocar para mim. Agora me mostre, vadia."

No declive dos anos 40, ele estava velho demais para isso.

Ele sabia melhor do que ninguém.

Ele estava arriscando sua reputação e seu trabalho.

Com vinte e poucos anos, Katy era atraente e vibrante demais para desejá-lo.

Eu sabia que isso era apenas um jogo para ela.

E se isso acontecesse?

Arriscar seu futuro não o impediu, embora pudesse estar perdendo um bom membro da equipe semanas antes que as coisas ficassem agitadas.

Mas a vida é feita de pequenas escolhas feitas na hora.

Trabalhando em seus passos, ela desafivelou o cinto.

Também o botão no topo de sua calça cáqui e abriu o zíper enquanto ele olhava para ela.

Katy sustentou seu olhar, seus olhos nunca deixando os dele.

Alcançando sua cueca, ela colocou a mão na haste longa e firme de sua masculinidade.

Ele acariciou o instrumento de seu prazer, perguntando-se qual seria sua reação.

Embora ele não fosse abençoado com as proporções de pornstar, Patrick não tinha vergonha de seu comprimento ou circunferência.

Ele sabia que tinha mais do que a maioria e aqueles com mais do que ele eram poucos.

Deixando a cabeça abaixo tomar a decisão final, ele se levantou.

Os olhos de Katy seguiram os dele enquanto ela se levantava.

Patrick olhou ao redor do estacionamento escuro e vazio.

Alguém podia andar perto das janelas, mas ninguém havia feito isso na última hora.

Ele baixou as calças e boxers, expondo seu pau duro para a jovem.

De pé com as mãos nos quadris nus, ela balançou a cabeça.

O olhar de Katy deslizou por seu corpo até que seus olhos pousaram em sua masculinidade inchada.

O aceno que seu pênis deu a seu olhar foi involuntário.

Sua expressão séria nunca mudou, embora ele tenha visto as pupilas de seus olhos se arregalarem.

Ele sorriu.

"Agora seu idiota", disse ela.

"Aqui agora?"

Seus olhos voltaram para os dele, estreitos e intensos.

"Eu não me expressei muito bem?"

Depois de dar outra olhada no estacionamento, ele deu a seu pênis duro alguns golpes experimentais.

Sim, ele estava duro, mas ele estava animado o suficiente para produzir um orgasmo rapidamente?

Ele continuou acariciando.

Ela o encarou, observando sua mão se mover com o mesmo olhar imparcial em seu rosto, como se o estivesse observando ler ou preencher papéis.

Ainda assim, ela estava olhando para ele.

Ele sentiu uma onda de emoção por ele, levando-o a seguir em frente.

Olhando para trás, para o estacionamento vazio, ele olhou além dele, para os carros que passavam pelo centro.

Isso era uma loucura.

Alguém pode ver.

Não da estrada, mas se eles chegassem ao centro, eles o fariam.

Dentro da loja brilhantemente iluminada, ele estaria em exibição para qualquer mãe que fizesse tarefas enquanto as crianças estavam estudando ou aposentados entediados demais para assistir à TV.

E quanto aos seus vizinhos?

Ele trabalhou em seu pênis mais rápido.

Quanto antes ele viesse, mais cedo ele poderia se vestir.

Ele sentiu seu entusiasmo crescer.

Ele estava perto, chegando mais rápido do que esperava.

Uma semana de celibato involuntário trabalhou a seu favor.

"Tão perto", ele murmurou.

"Venha para a mesa", disse Katy, observando sua expressão tanto quanto suas mãos trabalhando em seu pau duro.

Havia uma sugestão de sorriso no canto direito de sua boca e um brilho em seus olhos azuis quando ele atingiu o pico.

Seu pênis explodiu, espalhando seu orgasmo em uma linha solta de uma extremidade da mesa à outra.

A risada de Katy não foi a reação que ela esperava.

"Foi bom", disse ela. "Agora lamba."

Depois que um último arrepio de prazer desceu por seus ombros, Patrick olhou para ela com olhos arregalados e sobrancelhas arqueadas.

Ele olhou para seu sêmen disposto em um fluxo ondulante de linhas pontilhadas e pequenas poças na mesa de mármore falso.

Ele sabia que a mesa estava limpa, ele era meticuloso em manter seu negócio limpo.

Seu largo sorriso disse a ela tudo que ela precisava saber.

Ela não achou que ele faria.

Com suas calças e cuecas ainda em torno de seus joelhos, segurando seu pau duro, ela se inclinou e lambeu a bagunça que havia produzido.

Ele trabalhou de uma ponta à outra da mesa, testando o tampo de fórmica e também a semente ejetada.

Ele olhou para cima e examinou o estacionamento e a porta da frente.

Ninguém tinha visto isso.

Depois de terminar, ele hesitou antes de puxar as calças.

"Posso me vestir?"

"Você aprende rápido", disse ele.

Ela agarrou suas bolas, observando sua mão acariciando-as por um momento antes de olhar para ele.

"Se fizermos isso, eu possuo isso. Tem certeza que é o que você quer?"

"Sim senhora."

Ela acariciou seu pau ainda duro.

"Encoste-se naquela parede e espere por mim", disse ela, como se tivesse se decidido.

Com as calças ainda em volta dos joelhos, exposto a qualquer um que pudesse dirigir ou passar por sua loja, Patrick foi até onde ela indicou.

Atrás do balcão, Katy tirou o celular da bolsa.

Telefones celulares não eram permitidos durante o horário de trabalho.

Ligando, ela apontou sua câmera para ele e tirou uma foto antes de se mover para ficar na frente dele.

"Vista-se", disse ele, sentando-se à mesa.

Patrick vestiu as roupas novamente e se juntou a ela.

O telefone de Katy mostrava uma imagem dele em pé ao lado do logotipo pintado na parede.

Abaixo da imagem havia dois botões, salvar e excluir.

Ela colocou o telefone na frente dele.

"Agora sua escolha. Um botão leva à sua destruição. O outro?" Ela encolheu os ombros. "Acho que o outro significa que acabei de receber um programa gratuito."

"Minha destruição?"

Katy cobriu o telefone com a mão.

"Estou falando sério, Sr. Adams. Meu papel passa a ser encontrar seus limites e empurrá-lo para além deles. Quanto mais você se contorcer, mais divertido se torna para mim. A disciplina é apenas parte do negócio. Se você falhar, eu enviarei essa foto para a sede corporativa. "

"No entanto, é um jogo de sexo, certo?"

"Para um de nós, será."

Quando ela moveu a mão, ele apertou o botão Salvar.

CAPÍTULO 2

"Umbrella é sua palavra segura", disse ele, pegando o telefone da mesa e colocando-o no bolso.

Ele explicou o que significava uma palavra segura, como ele a chamaria de a única Senhora quando eles estivessem sozinhos, e a diferença entre viver no mundo e ser "do" mundo.

"Você vive neste mundo, mas não é mais dele. Você não tem direitos. Ninguém deveria saber do nosso acordo. Minta para todos, exceto para mim."

Conforme ele progredia em sua lista de instruções e regras, as dúvidas de Patrick começaram.

Ela claramente havia pensado nisso com muito mais detalhes do que ele havia imaginado.

Quando ele terminou, ele pegou o telefone novamente com a foto dele em pé na frente do logotipo.

Novamente, havia duas opções, aumentar ou cancelar.

"Se você clicar em upload, ele será salvo em uma pasta privada na Internet. Se você clicar em cancelar, excluiremos a imagem do meu telefone e esqueceremos tudo."

Ele hesitou antes de pressionar carregar.

"Você é uma vadia estúpida do caralho", disse ela, rindo e voltando para o balcão.

Ele presumiu que ela estava guardando o celular.

Em vez disso, ela trouxe sua bolsa de volta para a mesa e se sentou.

"Você pode ficar duro de novo?"

"Sim", disse ele, a expectativa de seu próximo pedido o excitou.

"Bom. Jogue fora sua cueca, você não vai precisar mais dela e deixe-me ver o quão duro você consegue voltar."

Reconhecendo sua falta de escolha no assunto, Patrick tirou os sapatos, tirou a calça e a cueca e jogou fora a boxer.

Sentado sem nada próximo a ela, ele esfregou seu pênis novamente.

Não demorou muito.

"Ótimo. Coloque suas calças no caso de alguém entrar."

Aliviado por ter permissão para se vestir, ele colocou as calças de volta.

"Obrigado, Senhora," ele murmurou, usando seu novo título pela primeira vez.

Abaixo da frente plissada, sua ereção ainda era óbvia.

"Você tem uma câmera no seu telefone?"

"Sim senhora."

"Bom. Então você deve me enviar uma foto do seu pau duro a cada cinco minutos. Exatamente a cada cinco minutos. E não uma foto dela através das calças, mas do seu pênis nu, entendeu?" Segurando sua bolsa, ela tirou as chaves do carro e se levantou.

Patrick assentiu.

"Onde você vai?"

"Você não pode me perguntar mais isso, vadia."

"Sinto muito, senhora", disse ele, perguntando-se como ainda podia ser seu chefe no trabalho.

Isso ainda se aplica?

Procurando no menu de seu telefone, ele encontrou um cronômetro e o configurou para cinco minutos.

Perdido em pensamentos, ele teve que reviver sua ereção para sua primeira foto.

Entediado, ele caminhou pela loja, andando até que mais cinco minutos se passassem.

Desta vez, sua ereção estava esperando por sua foto.

Ele abriu o zíper, tirou o pênis, tirou a foto e estava ocupado enviando quando alguns faróis se moveram pelo estacionamento.

Ele percebeu que estava à vista do carro com seu pau duro saindo da calça.

Ele deu as costas para a janela, terminou de enviar a mensagem e colocou seu pênis de volta no lugar.

Durante os alertas subsequentes em seu cronômetro, ele permaneceu cauteloso.

Nove vezes, ele enviou a Katy fotos de seu pau duro.

Após o segundo, ele despachou o resto da relativa privacidade de seu escritório, confiante de que estavam protegidos de olhares indiscretos.

Ele estava se preparando para tirar sua décima foto da tarde quando a porta de serviço se abriu.

Afastando-se da porta aberta, ele se atrapalhou com seu telefone e escondeu seu pau, deixando cair o telefone no chão antes de ouvir a risada de Katy.

"Vire-se", disse ele.

Ele o fez, seu pau duro saindo de sua abertura.

Ele viu o sorriso encantado em seu rosto e era bom fazer parte dela.

Caminhando ao redor dele, Katy passou as mãos por seu corpo.

Ela agarrou seus peitorais, apertou sua bunda e, por alguma razão, beliscou uma de suas orelhas.

De pé na frente dele, ela acariciou seu pau duro.

Era estranho ter esse jovem funcionário dele o tocando tão intimamente.

Muitos centímetros mais baixo que ele, ela o observou esfregar seu pênis.

"Você tem sido um bom menino", disse ele. "A cada cinco minutos, na hora certa, você me mandava uma foto. Isso merece uma recompensa. Você sabia que eu adoro chupar pau, Sr. Adams?"

"Não, senhora", disse ele, seu pau latejando dentro de sua mão.

"Mm sim. Eu amo a sensação de um bom pau longo e duro entre meus lábios. Você sabe a melhor parte sobre chupar um pau, Sr. Adams? Senti-lo explodir dentro da minha boca. Porra, eu amo essa sensação.

Eu Eu fico molhado só de pensar nisso. Seria uma boa recompensa, Sr. Adams? Gostaria de sentir meus lábios quentes e úmidos ao redor do seu pau duro?

"Sim, senhora", disse ele, embora tivesse certeza de que seu pau latejante era a resposta para ela.

"Ou talvez você prefira me ver nua. Gostaria disso, Sr. Adams? Quer ver como fico nua? Sei que não tenho seios grandes, mas eles são empinados e meus mamilos são realmente longos. Todo mundo adora meus mamilos. Você gosta dos Buceta raspada? É assim que mantenho a minha bonita e macia. Quer me ver nua, Sr. Adams?

Ele sentiu sua boca ficar seca.

Ela o estava traindo?

Houve uma resposta melhor do que outra?

"Sim, senhora," ele repetiu, animado com a ideia.

"Hm, o que devo fazer, Sr. Adams? Devo chupar você ou devo deixar você me ver nu?"

Sua necessidade havia crescido muito.

Forçado a escolher, ele escolheu a resposta que incluía um orgasmo em sua boca para si mesmo.

Ela olhou para ele com as sobrancelhas levantadas, esperando uma resposta para sua pergunta.

"Um boquete seria bom, senhora."

"Resposta errada", disse ela, ainda esfregando-o. "Você gostaria de tentar uma segunda vez?"

"Vê-la nua seria um privilégio, senhora," ele rapidamente corrigiu.

"É verdade, deveria ser um privilégio me ver nua, mas ainda é a resposta errada."

Patrick se sentiu perdido e confuso.

Como as duas respostas podem estar erradas?

Ignorando o olhar confuso em seu rosto, ela pressionou para frente.

"Fique nu," ela disse a ele, dando um passo para trás e observando enquanto ele tirava as roupas.

Ele tirou tudo, desde a camisa com o logotipo até os sapatos e meias.

"Ok, agora se incline e agarre seus tornozelos."

Ele fez o que lhe foi dito, sem saber o que esperar até que aconteceu.

Usando uma das espátulas de cabo comprido que eram usadas para limpar as máquinas de iogurte, Katy o espancou.

A ferramenta de qualidade de restaurante deu um grande estrondo ao ricochetear em sua bunda esquerda.

Um momento depois, ele sentiu a picada de seu ataque.

Ela o seguiu com um segundo golpe na nádega direita.

Mais uma vez, ele experimentou um atraso momentâneo antes que seu corpo registrasse a dor do golpe.

Mais e mais, ela bateu nele, alternando nádegas e localizações precisas até que sua bunda ficou quente e queimando.

Ele estremeceu a cada golpe nas costas.

Finalmente parou.

"Mantenha seus olhos para frente", ele ordenou.

Ele ficou congelado no lugar, incapaz de ver ou adivinhar o que estava fazendo até sentir.

Ela estava pressionando algo contra seu ânus.

Eu não sabia do que se tratava.

Ele adivinhou que não era um dedo e ela o lubrificou de alguma forma.

Parecia desconfortável, mas ele era magro e ela foi gentil em trabalhar dentro de seu ânus.

"Fique aí ou vou bater em você de novo", disse ele, resolvendo o mistério.

Ele empurrou o cabo da espátula em sua bunda.

Quando ela o soltou, ela o sentiu ameaçar escorregar de sua bunda e o apertou, desejando que ele ficasse no lugar.

Ela se moveu na frente dele, agarrando seu queixo e virando seu rosto para o dela.

Ela resolveu um segundo mistério para ele.

"A resposta correta era 'O que você quiser, Senhora.' Ela tirou o brinquedo improvisado da bunda e ele a ouviu jogá-lo na pia. "Você pode ficar nu. Posso decidir recompensá-lo mais tarde."

"Obrigado, senhora", disse ele, sentindo-se vulnerável e exposto.

A campainha tocou e Katy deu um passo à frente, deixando-o.

Ele a ouviu falar com o cliente com sua alegria habitual.

Esperando que estivesse tudo bem, ele se levantou.

Sua bunda doía, mas seu pau ainda estava duro.

Ele passou o resto do dia escondido na sala dos fundos.

No final do dia, ela voltou para casa com necessidade de um orgasmo e com uma lista de suprimentos no bolso.

"Ligo para você amanhã e começaremos seu treinamento", disse ela, deixando-o nu na sala dos fundos da loja.

CAPÍTULO 3

Eram onze e meia da manhã quando seu telefone tocou com uma mensagem de Katy pedindo seu endereço.

Ao meio-dia, ela apareceu em seu degrau da frente.

Patrick havia completado sua lista, raspado seu pau e bolas, e estava ansioso com ansiedade quando abriu a porta para ela.

De pé no pequeno corredor, ela o observou, passando a mão por sua calça sobre sua pele raspada.

Seu pênis dançou por atenção.

"Você está precisando?" ela perguntou.

"Sim senhora." Ele era assim.

Ele passou a noite e sua manhã excitado e duro.

"Você quer um orgasmo?"

"A vontade dele, Senhora," ele disse, tomando cuidado para não repetir o erro de ontem.

Ele viu seu sorriso, pegando sua resposta cuidadosa.

"Você aprende rápido", disse ela, agarrando-o pelo pau e guiando-o para sua casinha.

Foi sua primeira visita e ela fez um tour pelo bangalô de dois quartos e dois banheiros.

Ela o estava empurrando atrás dela enquanto se movia de sala em sala.

Morando sozinho desde o divórcio, Patrick manteve seu espaço meticulosamente limpo.

Ela parou na frente de sua cômoda.

"Abra sua gaveta de roupas íntimas."

Quando ele abriu a primeira gaveta, ela balançou a cabeça.

"O que é isso?" ela perguntou, segurando uma cueca samba-canção.

"Roupa interior?" ele respondeu confuso.

"Eu não disse que você não precisaria mais deles?"

"Sim, senhora", disse ele, contorcendo-se.

Ela estava em casa há menos de dez minutos e ele já a desapontou.

"Que tipo de homem dobra a cueca?" ele perguntou, puxando cada par de boxers e jogando-os do outro lado da sala.

Deixando-o de pé em seu quarto, ela voltou da sala principal com o pacote de prendedores de roupa de sua lista de compras.

Abrindo o pacote de clipes de plástico, ele começou a prender os clipes coloridos em suas bolas, um após o outro.

A dor era intensa.

Conforme ele adicionava cada clipe, seu pau balançava e latejava.

"Aí está", disse ela, recostando-se para admirar o trabalho dele. "Dez pares de cuecas. Dez prendedores de roupa. Agora pegue a boxer com os dentes e jogue fora."

Patrick ficou de quatro e rastejou pelo quarto.

Um por um, ele pegou uma cueca boxer com a boca, levou-a para a lata de lixo no canto e jogou-a dentro.

Os prendedores de roupa em suas bolas pareciam picadas de abelha, mas seu pau continuava duro.

Ele estava no último par quando um dos prendedores de roupa saiu de suas bolas.

Qualquer esperança que ele tivesse de que ela não percebesse ou se importasse rapidamente desapareceu.

"Bastardo inútil", disse ele, levantando o clipe de plástico. "Levante-se."

Ele fez.

Ela recolocou a braçadeira e acrescentou mais uma em cada um de seus mamilos.

"Espere aqui," ele instruiu, voltando para a outra sala novamente.

Virando-se, ela usou um pedaço de corda para amarrar suas mãos atrás das costas.

Então, ela enrolou um lenço em volta dos olhos dele, cegando-o.

Com as mãos em seus ombros, ela o virou e o encostou na parede.

Ele estava de pé, ouvindo com atenção.

Ele a sentiu ainda na frente dele.

Se eu olhasse por cima de seu nariz, ele poderia ver seu pau duro, os prendedores de roupa em seu corpo e seus pés.

Sentindo algo macio contra os dedos dos pés, ela olhou para baixo para ver uma calcinha descansando em seus dedos.

Um momento depois, eles foram unidos com um sutiã.

Seu pênis latejou quando percebeu que Katy também havia se despido e a ouviu mover-se para a cama.

Ele lutou contra a vontade de erguer o queixo para que pudesse ver sua cama.

Escutando, ele ouviu seus gemidos suaves de prazer e o som leve e úmido de dedos esfregando uma boceta.

Ele ouviu seu suspiro quando um orgasmo a atingiu.

Quando ela colocou dois de seus dedos dentro de sua boca, ele provou seu sexo pela primeira vez.

"Quando você estiver pronto para tentar me servir adequadamente, estarei na sala de estar. Tire essa merda e junte-se a mim."

Olhando por cima da ponte do nariz, ele a viu pegar a calcinha e o sutiã antes de ouvi-la sair do quarto.

CAPÍTULO 4

Quando ele moveu as mãos, foi fácil para ele desfazer o trabalho que ela havia feito batendo em seus pulsos.

Ele achou interessante que ela não o tivesse amarrado com mais força.

Com as mãos livres, ele removeu a venda.

O pacote aberto de prendedores de roupa ainda estava em sua cama.

Ele removeu as doze pinças que estava usando, colocou-as de volta na bolsa e foi para a outra sala.

Ele encontrou Katy nua na mesa da sala de jantar, onde colocara os suprimentos de sua lista.

Seu pequeno traseiro escuro e firme era tão bronzeado quanto suas costas.

Ela se virou quando o ouviu.

"Você parece bem", disse ele, sorrindo.

"Obrigado, Senhora", disse ele.

Seu pênis latejava enquanto ele gostava de vê-la tão lindamente nua.

"As bolas doem?"

"Um pouco", ele admitiu.

"Relaxe", disse ele, abrindo alguns pacotes. "Isso é para ser divertido, lembra?"

Ele queria perguntar quem, mas ele ficou em silêncio.

Muitos brinquedos, ele meditou.

Quando ela olhou para ele, seus olhos absorveram a beleza de seu corpo jovem e nu.

Ele admirou seus seios firmes e empinados e os mamilos longos e duros que se erguiam orgulhosamente daquelas ondas gêmeas.

Abaixo de sua barriga lisa, ele viu que ela estava raspada.

Sua boceta parecia inchada de seu orgasmo recente.

"Você tem algo para comer por aqui?" ela perguntou, virando-se e indo para sua cozinha.

Ela abriu a geladeira como se fosse dela.

Pondo de lado duas xícaras de iogurte, ela vasculhou as gavetas da cozinha até encontrar duas colheres.

Puxando o topo de um, ele o segurou na frente de seu pênis.

"Se masturbe", ela disse a ele.

Carente, Patrick começou a acariciar seu pênis.

Ela olhou para ele com uma expressão de satisfação nos olhos.

"Foda-se, você está gostosa", disse ele.

Quando seu orgasmo se aproximou, ela apontou a cabeça do pênis para o recipiente aberto de iogurte.

Ela não precisava ser informada de que era aqui que ela queria seu orgasmo.

A força de seu orgasmo agitou o iogurte.

"Bom", disse ela, mexendo o iogurte antes de entregá-lo com a colher ainda no copo.

Ele pegou o outro do balcão.

"Vá em frente. Aproveite", disse ele, colocando uma colher do iogurte, sem mexer, na boca.

Patrick comeu o seu, ciente de que ele estava comendo seu esperma ao mesmo tempo.

Ele ficou humilhado e animado com a ideia.

Os olhos de Katy dançaram sobre ele tão abertamente quanto seus olhos a absorveram.

"Como está o iogurte?" ela perguntou.

"Bom", disse ele, sem saber se havia provado o sêmen.

"Quanto tempo vai demorar até você ficar duro de novo?"

"Não sei", admitiu.

Seu pênis havia perdido a firmeza, mas ele ainda estava gordo e parecendo carnudo.

"Vou torturá-la até que fique duro de novo", disse ele antes de enfiar outra colher de iogurte entre os lábios.

Ele se perguntou se ela poderia parecer ainda mais emocionante.

"Como desejar, Senhora," ele respondeu, experimentando uma estranha mistura de medo e emoção.

CAPÍTULO 5

Terminando o iogurte, ela encontrou um copo alto em seu armário e o encheu de água.

Ele percebeu como havia ligado o filtro de água antes de encher o copo.

Ele entregou a ela e ela disse-lhe para beber.

Depois que ele engoliu o copo d'água, ela o encheu novamente.

"Outra vez."

Demorou mais para beber o segundo copo grande.

Ele encheu o copo pela terceira vez.

"Não tenha pressa", disse ele, "não é uma corrida."

Ele tomou um gole de água, sentindo-se inchado com os dois primeiros copos.

Sentando-se à mesa, ela pegou a corda mais fina de sua lista.

Era um quarto de polegada de náilon.

Com uma tesoura, cortou um metro de comprimento e depois abriu um pacote de isqueiros.

Envolvendo cuidadosamente a ponta cortada da corda sobre a chama, ele fundiu os fios.

Patrick ficou fascinado.

Movendo-o mais perto, ela enrolou um laço de corda em torno de suas bolas.

Enquanto ele observava, ela fez uma única bobina, passou a extremidade cortada pela bobina, ao redor do comprimento da corda e de volta pela bobina.

"Chama-se nó de bolinha", disse ele. "É bom por dois motivos. Primeiro, porque é fácil de desamarrar. Segundo, uma vez feito, não vai apertar."

Ela apertou a corda em volta da parte superior de sua bolsa de bolas e deu o nó.

Foi apertado, mas não interrompeu a circulação.

"Entende?" ela perguntou.

Quando ela puxou a corda, ele foi forçado a se mover em sua direção.

Fazendo uma segunda linha de arco na extremidade oposta da corda, ele formou um segundo laço.

Ele estremeceu quando ela puxou a corda.

"Perfeito. Agora vire-se e incline-se, estive esperando para testar esse menino mau."

Antes de se virar, Patrick a viu pegando a pá de couro que estava em sua lista.

Vários dos itens de sua lista exigiam uma visita a uma loja especializada em uma parte desagradável da cidade.

A loja ofereceu especialmente tatuagens, piercings, uma linha completa de acessórios de "tabaco" e uma área exclusiva para adultos que apresentava uma grande variedade de acessórios para "casamento".

Junto com a variedade esperada de vibradores, dildos, plugues e lubrificante, havia uma seção inteira dedicada a chicotes, correntes, pás, acessórios de couro e outros itens que o encheram de terror tanto quanto o excitaram.

Depois de um dia sendo provocado por Katy, ele achou isso muito emocionante.

Foi lá que encontrou a corda, a espátula e muitas outras coisas depositadas na mesa.

Katy o acertou com a pá, acertando-o repetidamente até que sua bunda esquentasse como ontem.

A pá cobriu ambas as nádegas, embora ela demonstrasse seu objetivo alternando entre elas.

Ela ria enquanto trabalhava e quando parava, sua bunda estava queimando e sensível.

"Você já está duro?"

"Não, Ama," ele relatou.

Ela bateu nele novamente.

"Beba um pouco mais de água, descanse e tentaremos novamente em alguns minutos."

De pé à mesa, ele a observou medir cordas mais grossas.

Depois de cortar diferentes comprimentos, ele derreteu as pontas antes que pudessem se desgastar.

"Trabalhar com cordas é uma arte." Ela falou sobre páginas da web dedicadas à prática e como costumava praticar com a namorada. "Nunca fiz isso antes e só tocamos com uma corda", explicou. "Ela não é muito boa em amarrar, mas foi gentil o suficiente para me deixar praticar. E acho que ela gostou."

Pegando suas cordas, ela arrastou uma cadeira da mesa para a sala de estar.

Ele fez Patrick se deitar no assento de peito e estômago.

Trabalhando rapidamente com as cordas, ela amarrou os pulsos em duas pernas e fez o mesmo com os joelhos, deixando as costas expostas.

Ajoelhando-se na frente dele, ela ofereceu-lhe um gole de seu copo d'água.

"Beba", disse ela, derramando a água mais rápido do que ele conseguia beber.

Movendo-se atrás dele, ele puxou a corda que ainda estava pendurada em suas bolas.

Patrick foi impotente para impedi-la de fazer isso.

"Você já está duro?"

"Não, senhora," ele disse, imaginando como poderia ficar duro se ela o machucasse.

"Ah, isso é muito triste", disse ele, voltando à mesa para pegar uma pá.

Ela deu-lhe alguns golpes, recuperando rapidamente a dor aguda de sua surra anterior.

"Que tal agora?"

"Não, Senhora," ele repetiu, sentindo-se impotente.

"Talvez isso ajude."

Patrick sentiu um dedo empurrar em seu traseiro exposto.

Ela empurrou o mais fundo que pôde.

Puxando o dedo, ele fez isso novamente com um segundo dedo.

Ela torceu os dedos, esticando e lubrificando-o.

Ela substituiu os dedos por um plug anal.

Alcançando entre suas pernas, ela acariciou seu pênis.

Seus dedos ainda estavam escorregadios por causa do lubrificante.

Ela esfregou até que seu pênis estava duro novamente.

"Muito melhor", disse ele.

Parada na frente dele, ela pegou suas roupas do sofá onde as havia deixado.

Ela vestiu.

Parando para lhe dar outro gole d'água, ela deu um tapinha na cabeça dele.

"Não vá a lugar nenhum", disse ela e ele a ouviu ir.

CAPÍTULO 6

Patrick não sabia quanto tempo havia passado amarrado à cadeira com o plug anal na bunda.

Ele supôs que demorou meia hora, mas não tinha como medir o tempo.

Ele tentou contar, marcar o tempo, mas achou duro fazer isso de forma consistente.

Contando lentamente, chegou a seiscentas e duas vezes, mas sabia que havia perdido a conta mais duas vezes quando pensou que ela voltaria em breve.

E ele não tinha certeza de quanto tempo esperou antes de começar a contar.

Algum tempo, ele tinha certeza. Cinco minutos? Dez?

Sua bunda doía com a surra.

Seu pênis permaneceu inchado.

Porra, ela era tão bonita.

Onde ela estava?

Quando eu voltaria?

Você realmente jogou jogos de empate com sua namorada?

Qual namorada?

Eles se revezavam se amarrando assim?

Ele começou a contar novamente.

Quando chegou aos trezentos, decidiu que faltavam mais cinco minutos.

Ele estava distraído pela necessidade de urinar.

Era disso que se tratava a água?

Ele começou a contar novamente, primeiro de trezentos e um e então decidiu que não importava.

Ele começou a conta novamente a partir de um.

O nariz de Patrick coçou.

Ele o moveu o melhor que pôde.

E se algo tivesse acontecido com ele?

Quem iria encontrar assim e quanto tempo demoraria?

Ele poderia gritar, mas ainda não.

Ele começou a contar em voz alta.

"Um dois três ..."

Atingiu seiscentos novamente.

Perdido em pensamentos preocupados, ele percebeu que não estava mais duro.

Droga, ele não podia deixá-la encontrá-lo assim.

Ele queria que seu pênis voltasse a crescer.

Ele imaginou o corpo nu de Katy, seu belo traseiro e seus seios empinados.

Droga, ele precisava fazer xixi.

Seus mamilos eram tão gordos e grandes.

Como você os escondeu quando estava no trabalho?

Ele riu, imaginando-a caminhando pela seção de alimentos congelados de um supermercado.

Droga, seria um ótimo show!

Quando ele começou a contar novamente, ele flexionou seu pênis com cada número.

Em parte porque ele precisava urinar e em parte para ficar duro.

Ele estava perto dos cem quando ouviu a porta da frente abrir.

"Ah, você esperou por mim", disse ele. "Você ainda está duro, espero?"

"Sim, senhora", disse ele, aliviado por ouvi-la.

Katy desamarrou as cordas.

"Bem, levante-se, sacuda isso e vamos dar uma olhada."

Embora as cordas nunca tenham impedido sua circulação, ele ainda demorou um pouco para se levantar.

Seu pau duro se ergueu com orgulho.

"Mm, isso parece bom", disse ele, esfregando-o.

Ela estava comendo uma maçã.

"Quer um pouco?" ela perguntou.

Ela esfregou a maçã contra seu pênis e bolas antes de oferecer a ele para uma mordida.

Qualquer lubrificante que estava nele deve ter sido absorvido por seu pênis, mas o simbolismo não foi perdido por ele.

"Com sede?" ela perguntou, esfregando a maçã em seu pau novamente antes de dar uma segunda mordida.

"Não, senhora. Eu preciso fazer xixi."

"Desculpe?"

"Desculpe, eu posso esperar."

"Aqui, beba um pouco de água", disse ela, entregando-lhe o copo.

Ele tomou um gole.

"Ah, você pode beber mais do que isso", ele insistiu.

Ele tomou outro gole.

"Vamos, um pouco mais."

Usando o barbante preso às bolas dele como coleira, ela o conduziu até a cozinha, ligou a água e encheu seu copo.

O som de água corrente aumentou sua vontade de urinar.

Ela sorriu quando ele se contorceu.

"Algum problema?"

"Eu realmente tenho que ir", admitiu.

"Desculpe?" ela perguntou, deixando a água correr.

Ele assentiu.

Ela entregou-lhe o copo e disse-lhe para beber novamente.

Enquanto ele dava um gole na água, ela abriu o freezer, tirou alguns cubos de gelo e os jogou no copo.

Puxando sua coleira, ela o levou de volta para a sala de estar.

"Vou precisar de sua ajuda com esta posição", disse ele.

Ela o fez se deitar no chão, se encolher e colocar os joelhos na cabeça como se fosse pego no meio de uma cambalhota.

"Perfeito!" ela disse a ele, acariciando sua bunda.

Tornando as coisas mais fáceis para ele, ela encostou as costas na frente do sofá.

Embora a posição fosse desconfortável, não era desconfortável.

Movendo a cadeira perto de sua cabeça, ela chicoteou seus joelhos e o travou na posição.

Sorrindo, ela acariciou a parte inferior de suas bolas.

"Confortável?"

"Na verdade, não", disse ele, preocupado que ela o deixasse assim.

"Ah, mas isso é muito divertido", disse ela, tirando o brinquedo de sua bunda.

Voltando para a mesa, ela voltou com um dildo longo e fino e mais lubrificante.

Aplicando um pouco de lubrificante no brinquedo, ele o enfiou na bunda dela.

"Viu? Não é engraçado?"

Patrick não respondeu.

Seu pau estava duro, apontado diretamente para o rosto dela, e ele ainda precisava fazer xixi.

Ela empurrou o brinquedo para cima e para baixo, como se estivesse batendo manteiga.

"Vamos, admita que você gosta disso."

Já que ele não o fez, ela franziu a testa.

"Eu aposto que posso bater em você assim também." Ela se levantou, pegou a pá e bateu em seu traseiro. "Isso está melhor?"

"Não senhora ".

"Mas não era isso que você queria? Você disse que queria ser controlado, certo?"

"Sim senhora."

"Usado. Humilhado. Abusado?"

"Sim senhora."

"Amarrado, ignorado ou qualquer outra coisa que você escolher fazer, certo?"

"Sim senhora."

"Bom. Você ainda precisa fazer xixi?"

"Sim senhora."

"Quanto você quer?" ela perguntou, levantando o copo de água gelada e colocando-o contra o fundo de sua bolsa de bolas.

"Muitos", disse ele, obrigando-se a parar o fluxo.

"Então vá em frente", disse ele, com um sorriso largo e maligno no rosto.

Patrick lutou contra o desejo dentro de seu corpo, lamentando tudo.

Se ele urinasse agora, faria xixi no rosto e no tapete.

Sua palavra segura veio à mente e mudou-se para seus lábios.

"Pare ..." ele disse, fazendo uma pausa antes de dizer algo mais.

"Sim?" ela perguntou, parecendo tão encantada agora como sempre. "Eu já quebrei você?"

Ela moveu o copo ao redor de suas bolas, provocando-o com sua umidade fria.

Ela jogou um pouco de água em seu rosto.

Da cozinha, ele ainda podia ouvir a água correndo da torneira.

"Talvez isso ajude em vez disso?" ela perguntou, agarrando seu pau e acariciando-o. "Se você gozar na sua cara, então talvez eu desamarre você antes que você faça xixi."

Patrick gostaria que fosse tão fácil, mas essa ponte já foi cruzada por seu corpo.

Sua necessidade era libertar sua bexiga, não suas bolas.

"Por favor, senhora," ele implorou.

"Sua palavra de segurança é 'guarda-chuva'", ele a lembrou. "Diga e eu vou desamarrar você. Diga e isso estará acabado."

Patrick gemeu.

Ele não diria isso.

Não podia.

Ela não iria vencer.

"Foda-se", disse ele.

"Oh, resposta errada", disse ela, derramando a água gelada sobre ele.

Cubos de gelo ricochetearam em seu rosto enquanto a água espirrou contra ele.

Ela riu.

"Sou muito paciente", disse ele.

Deixando o vidro de lado, ele começou a tirar suas roupas.

Nua, ela montou nele.

"Toda essa conversa sobre urinar me deu vontade."

Ele ergueu o copo, segurou-o entre as pernas e liberou a bexiga.

Ele observou o copo se encher de urina.

Ele ouviu o barulho que fez.

Foi demais para ele.

Ele urinou, salpicando o rosto com o jato quente e úmido.

A urina quente espirrou em sua boca e subiu pelo nariz.

Quando ele engasgou por ar, ele o levou à boca.

Incapaz de parar, diminuir ou controlar o fluxo, atingiu seus olhos e cabelos, e quando ela tentou virar a cabeça para longe dele, em seus ouvidos.

O pior foi quando ele subiu pelo nariz, forçando-o a respirar fundo e cuspir pela boca.

Sua corrente diminuiu até que a última parte fraca de sua necessidade pulverizou seu pescoço e peito.

Rindo, Katy virou seu copo e fez xixi nele também.

CAPÍTULO 7

Seus dedos hábeis desamarraram os laços em torno de seus joelhos.

Ela permitiu que ele se desenrolasse, mas o manteve deitado no tapete molhado.

Suas mãos o guiaram enquanto ele mantinha os olhos fechados por causa da urina em seu rosto.

Ela o girou, deitou-se e o sentiu se ajoelhar em sua cabeça.

Ele olhou por cima e a viu montada em sua cabeça.

"Abra a boca", disse ela, pressionando sua boceta contra o rosto dele.

"Uau, um pouco mais", disse ele, esguichando um último jato de urina na boca antes de esfregá-lo contra o rosto.

Deitado em uma poça de urina, ele comeu sua boceta, lambendo e chupando seu clitóris e lábios nus enquanto seu pênis pulsava com uma necessidade diferente.

Humilhada, envergonhada, molhada e se sentindo suja, ela ainda desejava um orgasmo que só ela poderia permitir.

Rindo e gritando, ela gozou.

"Droga, Sr. Adams, você é bom nisso!"

Ainda cega pela urina em seu rosto, ela ajudou Patrick a se levantar.

Puxando a corda ao redor de suas bolas, ela o levou para o banheiro e o ajudou a passar pela borda da banheira.

Ligando a água, ela o deixou atrás da cortina de plástico do chuveiro.

Ele tomou banho, se secou e a encontrou sentada na sala de jantar, vestida.

Ao chamá-lo para fora, ela desamarrou a corda em volta de suas bolas, apontando que mesmo molhado, seu nó era fácil de desatar.

"Você fez um bom trabalho", disse ela, segurando seus quadris. "Esta é a sua recompensa."

Acariciando suas bolas raspadas, ela chupou seu pau, dando-lhe o melhor boquete que ele conseguia se lembrar.

Ele o avisou antes de gozar, caso ele não gostasse de engolir.

Algumas mulheres ficaram relutantes sobre isso, mas ela não parou.

Mas, depois que ele gozou, ela se levantou, aproximou seu rosto do dela e o beijou profundamente.

Enquanto eles se beijavam, ela empurrou seu orgasmo de sua boca para a dele.

CAPÍTULO 8

Depois que ela saiu, ele se vestiu e contratou um limpador de carpete.

A exigência de ficar nu com a maior freqüência possível era mais fácil do que tentar estar constantemente duro.

Mas depois de sua tarde juntos, ele achou as duas coisas fáceis.

Imaginar sua Katy nua o excitava.

Seu senso de propriedade logo o colocaria em apuros.

"Quem sou?" Katy perguntou quando ele começou a trabalhar.

Foi a segunda vez que ele fez a pergunta.

"Minha Senhora," ele respondeu novamente, embora a dúvida o apoderasse.

"Aceite o trabalho", ele exigiu.

Deixando cair as calças, ele se inclinou, expondo seu traseiro nu para ela.

Ela usou uma das espátulas da loja novamente.

Depois de virar ambas as nádegas rosa, ela perguntou a ele novamente.

"Quem sou?"

"Katy Maria Gonzales?" ele tentou.

"Porra, você é uma vadia estúpida", disse ela, batendo nele novamente.

Katy tinha um sistema para bater em sua bunda.

Ela alternou suas nádegas e outros locais, produzindo uma sensação de ferroada uniforme da parte superior das coxas até a parte inferior das costas.

Sua primeira série de golpes doeu.

A segunda série o incendiou.

"Aqui está sua pista. Você estava mais perto da primeira vez. Agora me diga, quem sou eu?"

"Minha Senhora Katy?" Ele tentou novamente.

"Droga, você estava tão perto!" ela disse e bateu nele várias vezes em cada nádega. "Quem sou?"

"Senhora, por favor", ele implorou. "Não sei."

"Não, você sabe", disse ele, jogando a espátula na pia. "Você acabou de dizer isso. Eu sou a Senhora. Eu NÃO sou sua Senhora. Eu sou a Senhora para quem eu quiser. Mestre e única Senhora, você me entende?"

"Sim, senhora", disse ele.

Katy deu um tapa no rosto. "

Levante-se. Deixe-me olhar para você Você está duro? "

Patrick se endireitou, assustado.

Foi duro.

Ele estava duro quando ela começou a trabalhar, mas durante a brutalidade de sua surra, sua ereção havia desaparecido.

Seu pênis queria estar duro, mas seu corpo achava duro resolver as mensagens misturadas com um traseiro dolorido.

Seu pênis se projetava diretamente de seu corpo naquela posição de meio mastro entre uma ereção completa e ser muito macio para ser usado.

Ela olhou para seu pênis.

"E se eu quisesse foder agora? Você poderia me foder com isso?"

"Sim, senhora," ele a assegurou, a ideia resolvendo a confusão em seu cérebro.

Seu pênis enrijeceu.

"Você quer um orgasmo?"

"Sua vontade, senhora." Patrick se recusou a cair em suas armadilhas.

"Sim, minha vontade", ela concordou, pegando o celular na bolsa.

Ele tocou em algumas telas.

"Se eu quiser, você vai me dar um orgasmo agora?"

"Sim senhora."

"Então você tem sessenta segundos para fazer isso", disse ele, batendo em seu telefone e mostrando o cronômetro.

Patrick trabalhou seu pau rápido e duro, lutando para o orgasmo no tempo necessário.

Isso não aconteceu.

"Oh, sinto muito", disse Katy, sorrindo. "Mais sorte da próxima vez."

Erguendo a espátula, ele deu-lhe mais seis golpes antes de permitir que ela se vestisse.

CAPÍTULO 9

Na próxima vez, foi uma hora depois.

"Você ainda está duro para mim?" ela perguntou quando terminou de cuidar de uma velha e seu marido.

"Sim, senhora," ele informou, contornando o balcão para que ela pudesse ver a protuberância dentro de suas calças.

"Sessenta segundos", ela disse a ele, puxando o telefone do bolso e ligando o cronômetro.

Patrick correu para a sala dos fundos, abrindo as calças e tentou se masturbar para ela.

Quando ele não conseguiu produzir um orgasmo no tempo previsto, ela acenou com o dedo em um círculo, indicando que ela deveria se virar.

Mais seis golpes devolveram o calor, a queimadura e a picada de seu traseiro sitiado.

"Vá de novo", disse ela, acertando o relógio.

Ele levou mais seis acertos por falta.

Determinado a vencer o jogo, Patrick fez o possível para permanecer à beira do orgasmo.

Ele esfregou a frente da calça, ficando duro e carente.

Se houvesse clientes, esfregava-se no balcão, na esperança de manter a vantagem.

Mas ele cometeu o erro de gozar quando Katy fez um de seus intervalos atribuídos.

Depois de esperar por alguns clientes, sua mente se empolgou.

Quando Katy voltou para a loja, ela verificou a frente da loja, pegou o telefone e disse: "Sessenta segundos."

Enquanto tentava, percebeu que não valia a pena o esforço.

Ele levou uma surra e aprendeu a lição: para estar pronto, você tem que estar pronto!

* * *

Ele terminou o dia de trabalho sem levar outra surra ou outro desafio de sessenta segundos.

Ele se sentia nervoso, seu pau estava inchado e necessitado e doía mais do que sua bunda depois de uma de suas palmadas.

Antes de sair, Katy acariciou a protuberância na frente de suas calças.

"Pobre garoto. Você parece prestes a explodir."

Na ponta dos pés, ela deu um beijo em seus lábios e saiu.

Antes de fechar a porta, ele acrescentou:

"Lembre-se, não há orgasmos sem permissão."

CAPÍTULO 10

Katy teve folga no dia seguinte.

Trabalhando na loja com um dos outros membros de sua equipe, Patrick usava um avental para esconder sua ereção.

Ele não queria ser duro.

Ele não tentou ficar duro.

Mas sua necessidade era muito grande.

Coisas simples aceleram sua imaginação.

Ele mandou seu funcionário para casa mais cedo e fechou a loja sozinho.

Sentindo-se melhor no controle, ela trabalhou em uma papelada antes de ir para casa.

* * *

Ao chegar em casa, viu os suprimentos de Katy dispostos na mesa da sala de jantar e teve uma grande reação.

Seu pênis endureceu quando ele tirou a roupa e se sentiu sozinho.

Droga, aquilo tinha penetrado em sua pele tão rápido?

* * *

Ele passou uma noite agitada em frente à televisão, querendo que ela ligasse ou aparecesse.

Ela não fez isso.

Ele estava preocupado que ela o punisse.

Ele estava preocupado que ela tivesse perdido o interesse.

Ele pensou em ligar ou mandar mensagem para ela, mas decidiu que não deveria.

Sentado nu em seu sofá, seu pau ficou duro.

Sentindo-se muito sozinha, ela foi para a cama às onze.

CAPÍTULO 11

Na sexta-feira de manhã, Katy chegou ao trabalho dois minutos antes da inauguração.

"Olá, Sr. Adams", ela sorriu, tão cheia de alegria como sempre.

"Bom dia, senhora", disse ela, feliz que seu pau estava duro para ela.

Katy passou por ele, verificou a caixa registradora e ajudou com o resto da abertura.

"Parece um bom dia, você acha que estaremos ocupados?"

"Provavelmente", disse ele.

"Acho que estarei ocupada com as janelas", disse ela, pegando o banquinho, o spray de vidro e a pilha de toalhas de papel de que precisaria.

Limpar as janelas era uma tarefa normal nas manhãs de sexta-feira.

Patrick gostava que a loja parecesse muito limpa antes do fim de semana.

"A menos que você tenha algo mais que você queira que eu faça?"

"Como desejar, Senhora."

Ela sorriu para ele e começou a trabalhar, deixando-o se perguntando o que estava acontecendo.

Ele desistiu de seu jogo?

***

O ensolarado dia de primavera atraiu clientes.

Logo, eles estavam ocupados reabastecendo a barra de enchimento, monitorando as máquinas de iogurte congelado e limpando depois que os clientes saíram.

Patrick ficou pensando o tempo todo, querendo perguntar a Katy se as coisas estavam bem entre eles, mas não conseguia encontrar as palavras.

Ele perguntou antes de fazer uma pausa, levou apenas meia hora, e então sugeriu que fizesse uma também.

Patrick não precisava de uma pausa, mas não queria desapontar a Senhora.

Ele se sentou em seu carro por meia hora, seu pau ansioso pela atenção que ela se recusava a lhe dar.

CAPÍTULO 12

Na sexta e no sábado, a loja ficava aberta até as nove.

Às quatro, o segundo turno apareceu.

Quando viu Katy pronta para sair, Patrick entrou na sala dos fundos, esperando por uma pista do que estava acontecendo.

Ela parou na frente dele, olhou para o interior firme de suas calças e sorriu.

Ele esfregou o caroço e disse:

"Vou vê-la hoje a noite."

***

Por volta da meia-noite, Patrick parou de pensar em vê-la hoje.

Ele desligou a televisão e começou sua rotina noturna.

Seu pênis duro doía, latejava e exigia atenção, mas ele se recusou a pagar.

Ele estava preparando o bule de café para a manhã quando viu um flash de faróis em sua garagem.

Ele sorriu, perguntando-se onde deveria estar quando ela entrasse.

Devo ligar a televisão novamente e agir casualmente?

Deve ser perto da porta?

Saindo do café, ele decidiu se ajoelhar na frente da porta dela.

Uma bêbada Katy abriu a porta.

Ela cambaleou para dentro com três caras quase da sua idade.

"Merda", disse um homem loiro com o braço em volta de Katy quando viu Patrick ajoelhado no chão.

Ele era o único sóbrio do grupo.

"Você achou que ele estava mentindo?" Katy perguntou, acariciando o cabelo de Patrick.

"Que porra é essa!" disse um jovem musculoso com cabelo escuro.

"Ei, essa sua escrava tem algo para beber?" o terceiro homem perguntou, sendo o último a entrar. Ele parou na porta. "Amigo, você está pelado!"

"Ok, isso é oficialmente estranho", disse o loiro, parecendo inseguro.

"Foda-se, Ben. Katy disse que seria estranho", disse o garoto moreno.

"Sim, mas caramba", Ben insistiu, segurando Katy pela cintura, mas olhando para Patrick.

"Garotos nus te incomodam?" Katy perguntou a ele.

"É simplesmente estranho. Você pode fazer ela se vestir ou algo assim?"

"Eu poderia, mas eu gosto assim."

"Você transou com ele?" perguntou o garoto musculoso de cabelos escuros.

"Eu fodo com ele", Katy riu. "Olhe com isso."

Depois de fazer Patrick ficar contra a parede, ela começou a prender prendedores de roupa em suas bolas.

"Oh merda, isso deve doer!" disse o último homem na casa de Patrick, se contorcendo e instintivamente alcançando suas bolas.

"Você quer tentar?" Ela perguntou a ele.

"De maneira nenhuma!"

"Vamos Joe. Deixe-me colocar uma pinça em suas bolas", zombou o garoto moreno.

"Foda-se, Tom. Faça você mesmo."

"Então, tem que fazer o que você diz?" Ben, a loira sóbria, perguntou.

Ele ainda estava olhando com olhos arregalados.

"Qualquer coisa", disse ela, sorrindo para ele.

Havia um brilho de satisfação em seus olhos que fez Patrick se sentir bem.

"Faça ele se masturbar e comer", disse Tom, o cara musculoso.

Katy se virou para o homem de cabelos escuros e agarrou sua virilha.

"Não me diga o que fazer, Tom, ou você ficará ao lado dele."

Tom fez uma careta.

"WOW baby, relaxe. Estou apenas tentando me divertir um pouco."

"Eu também", disse Katy, segurando seu aperto por mais um momento antes de soltá-lo.

Tom deu um passo para trás, olhando-a com cautela.

Patrick sorriu.

"Mas se ela pedisse para você fazer isso, você faria, certo?" Ben perguntou a Patrick, seus olhos finalmente se afastando da virilha de Patrick.

Foi um palpite de sua parte, mas Patrick não respondeu.

Katy considerou por um momento, sorriu e deu-lhe um aceno discreto de aprovação.

"Ele é meu, Ben, não seu", disse ele à loira.

Ele removeu os grampos das bolas de Patrick, se virou e encarou o trio de homens.

"Ok, quem quer foder?"

"Tenho que amar uma mulher que sabe o que quer", disse Joe.

"Parece que temos um vencedor", disse Katy, empurrando Joe na frente dela para o quarto de Patrick e puxando Patrick atrás dela por seu pau duro.

"Você vai foder os dois?" Ben perguntou.

"Talvez", disse Katy.

Enquanto caminhavam pelo curto corredor, Patrick ouviu sua televisão ganhar vida quando Ben e Tom começaram a rir.

Katy apoiou Patrick contra a parede ao pé de sua cama.

"Você tem que olhar?" Perguntou Joe.

"Quem se importa?" Katy disse, pressionando contra o homem.

Enquanto o beijava, ela empurrou a mão em direção a um de seus seios.

Qualquer preocupação que Joe tivesse sobre Patrick desapareceu.

Joe e Katy fizeram sexo juntos.

Eles erraram, mas Patrick não sabia como descrever.

Não havia afeto, amor ou paixão pelo que faziam.

Katy rasgou as roupas de Joe, despiu-o e esfregou seu pau duro enquanto ele terminava de tirar a roupa.

"Eu quero comer isso", disse ela, segurando sua boceta nua.

"Eu quero foder com tudo", insistiu Katy, empurrando o homem de volta para a cama.

Ela subiu em cima dele, guiando seu pau duro em sua boceta e saltando.

"Você é louca como a merda", disse ele, agarrando seus seios empinados.

"Apenas cale a boca e saia", disse ele.

"Eu não posso durar", ele gemeu.

Ele olhou para Patrick, mas rapidamente desviou o olhar.

A foda deles durou alguns minutos.

"Venha dentro de mim", Katy disse a ele. "Eu quero sentir isso."

"Oh sim. Porra, sim!" Joe disse, com as mãos na bunda.

Patrick observou enquanto o prazer do homem o consumia.

Ela observou quando Joe se soltou, liberando seu orgasmo dentro dela.

"Oh, porra, sim!"

Katy saiu de cima dele.

Deitada ao lado dele, ela o beijou.

"Obrigado," ele ronronou.

"Dê-me um minuto e podemos fazer de novo."

"Talvez mais tarde", disse ele, apontando para a porta.

"De verdade?"

"Eu disse que queria foder, isso mesmo. Nós transamos. Agora, foda-se", disse ele.

Joe parecia confuso, mas saiu da cama, vestiu a cueca e a calça jeans e olhou para ela.

"Você é uma aberração", disse ele.

"Você provavelmente está certo. Feche a porta atrás de você."

Quando ele saiu, ela olhou para Patrick.

"Limpe-me."

Ajoelhado ao lado de sua cama, Patrick não hesitou em pressionar a boca contra sua boceta usada.

Ele não se importava com o orgasmo de Joe.

Em vez disso, ele ficou encantado por ter permissão para agradar a Senhora.

Ele lambeu, lambeu e chupou sua boceta raspada, deliciando-se em como ela se contorcia embaixo dele.

Ele deu a ela o orgasmo que ela não teve com Joe.

"Chega", disse ela, virando a cabeça.

Ela apontou para o pé da cama.

Patrick não precisava de mais instruções do que isso.

Ele ficou contra a parede, seu pau duro gotejando com pré-seme quando ela saiu de seu quarto nua.

"Quem é o seguinte?" ele a ouviu perguntar.

Pareceu haver uma discussão na outra sala antes de Ben seguir Katy para dentro.

Ele olhou para trás e para frente entre Katy e Patrick.

Mesmo quando Katy o despiu, Ben continuou olhando para Patrick.

"Você não está duro", disse ela, esfregando-o.

"Que vai fazer?" Ben perguntou.

Katy estava focada no pau macio de Ben.

Ele gesticulou para que Patrick se aproximasse.

Com uma mão em seu ombro, ela o empurrou.

"Ele vai chupar seu pau enquanto nos beijamos", disse ela. "Quando estiver duro, você pode me foder."

Agarrando o rosto de Ben, ela pressionou seus lábios nos dele.

Mantendo uma mão na nuca, ele empurrou a cabeça de Patrick para frente.

Patrick abriu a boca, tomando o pau mole do jovem entre os lábios.

Ben não era duro, mas também não era mole.

Seu pênis estava cheio, mas não o suficiente para ficar duro.

Quando Patrick chupou, ele sentiu o pau do homem crescer.

Ele ouviu os dois gemerem na boca um do outro enquanto o pênis de Ben encontrava sua força.

"Você quer foder ou você quer acabar na boca dela?"

"Tudo bem", disse Ben, olhando para eles com a mesma expressão de olhos arregalados que vinha usando desde a chegada deles. "Se eu terminar enquanto ele me chupa, isso me torna gay?"

"Não você, mas isso o torna um filho da puta", disse Katy, rindo.

Ela empurrou o rosto de Patrick contra a virilha de Ben e beijou o homem novamente, deixando Patrick acabar com ele.

Patrick não sabia o que esperar.

Ele nunca considerou a ideia de chupar um pau.

Ele sentiu um rubor quente rastejar em seu rosto quando Katy apontou que ele era um filho da puta agora, mas passou rapidamente.

Ele gostava de ter seu pau chupado e tentava fazer o que gostava de fazer com ele.

Ela revirou a língua sobre a cabeça do pênis do jovem.

Ele balançou a cabeça de um lado para o outro, sabendo que era bom quando isso era feito para ele.

Ela sentiu o pau do homem, isso era interessante, e ela percebeu que o homem logo atingiria o orgasmo dentro de sua boca.

Sem saber como se preparar para a experiência, ela manteve um ritmo constante e esperou por ele.

Quando isso aconteceu, a força do primeiro jato contra o céu da boca o surpreendeu, mas não o amordaçou.

O sêmen do homem tinha um gosto ligeiramente azedo, mas não era desagradável.

"Você acha que podemos foder também?" Ben perguntou.

"Um orgasmo para cada cliente", disse Katy, afastando-se de Ben. "Eu tenho que fazer xixi", disse ele, saindo da sala.

"Você já fez isso antes?" Ben perguntou, puxando as calças.

"Não", disse Patrick.

"Foi estranho?"

"Não realmente. Foi bom."

Os olhos de Ben voltaram para o pau duro de Patrick.

Ele olhou para a porta aberta, encolheu os ombros e terminou de se vestir.

"Vejo você mais tarde, amigo", disse ele.

* * *

Patrick ficou ao pé da cama enquanto Katy e Tom começaram a trabalhar.

Tom estava mais bêbado do que Joe.

Uma vez que ele estava nu, ele não se importou com a falta de preliminares de Katy.

Ele deu um tapa na bunda nua de Katy.

"Você está pronto para isso?" Eu pergunto.

"Vá em frente", disse ele, jogando-se de volta na cama.

"Tudo bem", disse ele, abrindo a frente da calça.

Sem abaixar as calças mais do que a bunda, ele caiu sobre Katy e começou a transar com ela.

"Faça isso, seu garanhão de merda. Venha para mim."

"Oh sim, baby. Eu vou fazer isso", ele prometeu.

Ele se moveu mais rápido, sacudindo a cama de Patrick, mas não durou mais do que Joe antes de arquear as costas e gozar.

"Como foi esse bebê?"

"Média", disse ela, puxando-o para longe de si.

"Ah, é? Me dê um minuto e eu mostrarei a você de novo", disse ela, sentando-se na cama e agarrando os seios.

Katy puxou a mão dela.

"Você teve sua chance. Agora vá se foder."

"Por que então fazer isso com ele?"

"Talvez", disse ela. "A menos que você queira experimentar primeiro."

"Foda-se", disse Tom, levantando-se e puxando as calças. "Você quer que eu mande Joe de volta?"

"Não, terminei. Vá para casa."

"Ah, não seja assim, baby."

"Não seja como o quê?"

"Eu não sei, uma vadia?"

Katy saltou da cama em um aceno de mãos, dando um tapa no homem muito maior.

"Do que diabos você me chamou?"

"Ei, ei, ei! Eu só estava brincando", disse ele, se afastando.

"Saia!" ela gritou, seguindo-o pelo corredor. "Todos vocês. Foda-se."

Patrick ouviu algumas objeções confusas.

Ele se moveu para o corredor, ficando atrás da Senhora, de braços cruzados.

"Você ouviu a mulher. Foda-se antes que seja minha vez de te foder."

Isso pareceu convencer os homens mais jovens de que era hora de ir.

"Maldito viado!" Tom gritou, o último a sair pela porta.

CAPÍTULO 13

"Bom trabalho", disse Katy, virando-se e sorrindo para ele.

Puxando sua mão, ela o levou para seu sofá.

Ele desligou a televisão, sentou-se e abriu as pernas.

"Você ainda quer comer essa boceta?"

Parte do sêmen de Tom vazou de sua boceta e escorria por sua coxa.

"Sim, senhora", disse Patrick, ajoelhando-se.

Segurando sua panturrilha, ele começou a lamber sua coxa, sua língua traçando o comprimento do esperma.

Tomando seu tempo, ele lambeu o resto de sua boceta raspada antes de enterrar a língua entre seus lábios inferiores.

Katy se contorceu e gemeu de prazer uma e outra vez antes de pará-lo.

"Chega", disse ela, afastando-o.

Embalando seu rosto molhado, ela o considerou por um longo momento.

Inclinando-se para frente, ela o beijou, empurrando a língua em sua boca.

"Você gosta disso, não é?"

"Eu gosto de você, Senhora," ele admitiu.

"Sente-se", disse ele, acariciando o sofá ao lado dele.

Inclinando-se para a frente, ele pegou uma pinça deixada na mesinha de centro.

Ela os colocou em seus mamilos antes de balançar a perna sobre ele, olhando para ele montado.

Ela se posicionou apenas até que sua boceta quente e úmida deslizou ao redor de seu pau duro e dolorido.

Ela se acomodou em cima dele, sem se mover.

Seu pênis latejava loucamente dentro dela, ameaçando ter um orgasmo de nada além da sensação dela ao redor dele.

Katy acariciou seu rosto.

"Você chupou o pau dele." Ele assentiu. "Você sabe que isso o torna um bicha, certo?"

"Sua vontade, senhora."

Ela o beijou.

"Eu acho que acredito em você."

"A Senhora deveria," ele disse, certo de que estava cruzando os limites ao dizer isso, mas ela o recompensou com outro beijo.

Olhando para ele novamente, ela colocou as mãos em seus ombros.

Lentamente, ela se levantou dele uma vez antes de se estabelecer novamente.

Mais uma vez, seu pau latejava profundamente de necessidade.

"Eu queria isso há muito tempo", disse ele. "Desde antes de nosso jogo começar."

Patrick olhou para ela sem saber o que dizer.

Decidindo que era melhor permanecer em silêncio, ele o fez.

Ela se levantou dele e desceu novamente, sorrindo quando seu pau latejou novamente.

"Quantas vezes você acha que eu posso fazer isso antes de você gozar?"

"Não muitos", ele admitiu.

"Se eu tivesse dito a um daqueles caras para foder sua bunda, você teria desistido?"

"Sim, senhora. Sua vontade. Sempre."

"Como se sente?"

Novamente ela se levantou e caiu.

"Renda-se tão completamente. Como se sente?"

"Celestial."

"E se eu te deixar agora?" ela perguntou, se afastando.

Ela o empurrou para trás, sentando-se mais perto de seus joelhos enquanto seu pau duro dançava no ar.

"Seria cruel se eu te deixasse tão difícil?"

"Sua vontade."

"Devo usar a pá de novo?"

"Sua vontade."

"E você não se importaria? Você não precisa de um orgasmo?"

"Não tanto quanto eu acho que preciso disso", disse ela, acenando com a cabeça em suas braçadeiras de mamilo e querendo dizer tudo.

"Explique-se."

"Eu sinto você em todos os lugares. Sempre."

"Mesmo hoje quando eu te ignorei?"

"Principalmente hoje. Eu estava confuso, temia que você não me amasse, mas isso não mudou nada para mim."

Rindo, ela moveu-se sobre ele.

"Você estava realmente trabalhando duro hoje."

Seu pênis latejava com nova força.

Ele estava feliz por ela ter notado.

"Por sua causa, senhora. Graças a você, ontem eu também estava duro."

Ela riu novamente.

"Eu sei. Eu ouvi. Você tem uma boa reputação de ter um problema."

"Sim. Você, Senhora."

"Isso é para mim", disse ela, levantando-se e caindo sobre ele. "Não pare. Dê para mim. Eu quero isso. Eu quero sentir como se você gozasse dentro de mim, por mim."

Ela o fodeu com golpes longos e lentos; como se ela estivesse saboreando a sensação dele.

"Faça isso", ela ronronou. "Venha até mim."

Como se por comando, embora provavelmente por necessidade acumulada, Patrick o fez.

Ele gozou com uma força e satisfação que curvou seus dedos dos pés.

Ele a viu observando-o, estudando-o enquanto seu orgasmo percorria seu corpo.

"Porra, isso foi quente", disse ela quando ele relaxou, esgotado pelo momento.

Alcançando entre eles, ela esfregou seu clitóris, levando-se a um orgasmo que ele sentiu como uma série de apertos rítmicos ao redor de seu pênis ainda duro.

"Você pode fazer isso de novo?"

"Acho que sim", disse ele, contorcendo-se sob ela.

O corpo de Katy era tão bom e sua necessidade era tão grande que ela sentia que poderia fazer mais cem vezes naquela noite e ainda querer fazer de novo.

Ela subia e descia, deliciando-o.

"Já está pronto?"

Sentindo-se como um garoto de dezoito anos, ele assentiu.

"Eu acho que sou."

"Não, vadia. Não pense. Diga-me. Você está pronta? Você pode me preencher uma segunda vez?"

"Sim", disse ele, sentindo um pulso reconfortante em seu pênis.

"Bom," ela disse, balançando sobre ele mais algumas vezes antes de parar.

"Droga, isso é bom", ela ronronou, os olhos fechados.

Parada, ela respirou lenta e profundamente várias vezes.

"Tudo bem", disse ela, abrindo os olhos. "Estou bem."

Patrick sorriu, sem saber o que ele queria dizer, mas achou divertido.

Parecia que ele estava tentando se recompor.

Ela balançou a cabeça, jogando o cabelo escuro sobre os ombros antes de remover os prendedores de roupa dos mamilos.

Ela esfregou o peito, como se estivesse limpando a dor.

"Tudo bem se eu te chamar de Patrick?" ela perguntou.

Foi a primeira vez que ele a ouviu usar seu primeiro nome.

"Sua vontade, senhora."

Katy balançou a cabeça.

"Não, é isso que eu quero dizer. Quero dizer, você pode ser apenas Patrick por um momento e eu sou apenas Katy?"

"Eu acho", ele respondeu confuso.

"Não, estou falando sério. Isso não é uma ordem, é apenas uma pergunta. Eu só quero ser Katy e Patrick por um minuto. Podemos fazer isso?"

"Sim, suponho," ele repetiu. "Que momento estranho."

"Eu sei", ela disse e parecia nervosa. "Mas é importante e eu quero a resposta real." Ele assentiu. "Quando você é minha escrava, há algo que você não faria por mim?"

"Mate alguém", disse ele, encolhendo os ombros. "Mas isso não é realmente um jogo de sexo, é?"

"Certo. Isso é o que quero dizer. Sexualmente. Há algo que você não faria como meu escravo sexual?"

"Eu não consigo pensar em nada", disse ele, seu pau latejando de acordo com ele.

"Por quê?"

"Porque é divertido?" Ele ofereceu.

"Ser espancado é divertido?"

"De certa forma", disse ele. "Quero dizer, dói, mas você está fazendo isso por uma razão. Dói mais quando eu te decepciono."

"Então, se eu quisesse que você fosse estuprada por uma gangue de ciclistas, você faria isso?"

"Como sua escrava, sim."

"Que tal como Patrick?"

"Desculpe, não posso gostar disso", ele riu.

"Mas você chupou o pau dele."

"Mas pela Senhora, mesmo que você seja quente o suficiente, eu provavelmente faria isso por você também."

"De verdade?"

"Provavelmente não," ele admitiu. "Talvez eu não saiba".

Ela se moveu contra ele.

"Está bem?"

"Está quente pra caralho, mas estou bem."

"Você pode me beijar? Quero dizer, como Patrick. Você pode me beijar?"

Inclinando-se para frente, ele o fez.

Ele não tinha certeza do que ela esperava, então a beijou como faria com qualquer amante.

Enquanto seu beijo permanecia, ele deslizou a língua em sua boca e aproveitou o momento.

"Como isso?"

"Sim, isso foi bom."

Ele sentiu sua vagina se contrair durante o beijo.

Sem ser perguntado, ele a beijou novamente.

Como antes, ela se contorceu e sua boceta se contraiu.

"Certa vez, tive uma namorada que me disse que todas as mulheres deveriam ter pelo menos um caso com um homem mais velho."

"É raro?"

"Não, está tudo bem. Ele estava certo. Pessoas mais velhas são melhores."

"Homens mais velhos ficam idiotas por ter um rosto bonito."

"Só para o rosto?" ela perguntou e os dois riram.

"Bem, rosto e outras coisas", disse ele, acariciando seus mamilos longos e carnudos.

Quando ela se inclinou para trás, arqueando as costas, ele lambeu, chupou e mordiscou seus mamilos.

"Não pare", disse ela, levantando-se para beijá-lo antes de se inclinar para trás para lhe oferecer o seio novamente.

Patrick não parou.

Ele chupou seus seios como faria se ela fosse sua namorada.

Ele acariciou seu pequeno traseiro apertado, sentindo a carne firme de sua bunda.

Quando ela se contorceu, ele moveu as mãos para seus quadris.

Guiando-a para cima e para baixo, eles se beijaram e transaram.

Ao contrário dos jovens com quem ele fodeu naquela noite, Patrick demorou.

Ele fez isso com paixão, levando-a como se tivesse uma das coelhinhas de fitness no clube de saúde se tivesse a chance.

Ele não ficou surpreso quando ela gozou e não parou.

Ele a levou a um segundo orgasmo, desta vez encontrando seu próprio orgasmo com o dela.

"Droga, Patrick" ela disse, abraçando-o. "Está bem."

"Você também", disse ele, segurando-a até que sua respiração voltasse ao normal.

"Tudo bem se eu tomar um banho?"

"Claro", disse ele, soltando-a.

"Você poderia lavar minhas costas se quiser."

CAPÍTULO 14

Lavada e seca, ela segurou sua mão enquanto conduzia o caminho de volta para a sala de estar.

"Ainda somos Patrick e Katy, certo?" ela perguntou.

Ele assentiu. "Bem, então está tudo bem se eu fizer isso direito?"

Ela o empurrou no sofá e subiu em suas pernas.

Ela acariciou seu pau e bolas até que ele estava duro novamente.

Sorrindo, ela montou nele novamente.

"Não estou bêbada", disse ela, beijando-o.

"Você estava antes."

"Fiquei feliz", admitiu. "Mas não bêbado."

"Interessante."

"Você acredita em mim quando digo que não estou bêbado agora?"

Patrick assentiu.

Se estava, já havia passado tempo suficiente para que ela se sentisse sóbria.

Depois que eles se beijaram novamente, ela se afastou.

"Obrigado."

"Por quê?"

"Por me deixar sentir a diferença entre o verdadeiro Patrick e o escravo Patrick." Ela o beijou. "Isso me faz querer mais."

"Querer que?" ele perguntou, imaginando se seu jogo havia acabado.

"Isso", disse ela, pegando a pinça que ainda estava no sofá.

Ela estremeceu depois de colocar o primeiro em seu mamilo direito.

"WOW", disse ela, surpresa com o quanto doeu.

Ele colocou o segundo em seu mamilo esquerdo.

Ela saiu de cima dele, pegou a pá e entregou a ele.

"Agora é a sua vez. Bata em mim."

FIM